歌集

LICHT《リヒト》

永田愛

青磁社

LICHT＊目次

永田愛歌集

LICHT

ふたご座　２０１４年

森からは遠く離れている町の　森へとつづく道を知りたい

きみに会うまでの時間にメールするジェノヴァソースのパスタのことも

祈ることすくなくなりてのひらは冬の星座をときおりなくす

とおくからひとの声する気配して今年ふたたび木は実をつける

祖母の木に金柑の実の生りていてひとつを残し捥いでゆく父

祖母がまだわたしの家族でありし日の祖母若かりき父母若かりき

もうだれも祖母のかなしみ知らなくて祖母は自分で足の爪切る

ちいさなひかり

妻も子も元気なのかと訊いてみたほのぼのとして元気と言えり

ちちのみの父になりゆくほのひかるほたるのような名を子につけて

子のために雛を飾るというひとのかたえに測るサンプル五十個

月を仰ぐ角度に上司はビーカーを透かし見ておりひなたに向いて

今月の品質目標書かれいて上司はときおり声にしていう

仄白い受信トレイに計測器場内配置図添付で届く

オフィスにはこころの置き場のない真昼　現場のひとの顔を見にゆく

鉄の扉の把手《ノブ》はつめたく感情は過去へ過去へと戻ってしまう

かたわらにメガネを置いて顕微鏡を覗きいるひとふいに仰ぎぬ

選別を終えし上司は立ったままルビーのいろの目薬をさす

竹箒をうまく使って富士くんはタイルの目地もていねいに掃く

長机にだれかの手形がのこりいる製品を素手に触れたるのちの
キムワイプで洟をかみいる伊藤くんの洟をかむ音フロアにひびく

JUPITERPFP-105E

どのように生きてもたぶんかなしくてときおりきみの指が触れるよ

あかねさすきみにはきみの暮らしあり五月にひらく花を見るらむ

ピッコロを吹くには足りぬ　両の手の運動機能が欲しいとおもう

負けたくない気持ちわたしにまだあって電話の声に力がはいる

会いたさかさみしさなのか　月までの段をひたすらのぼりゆきたい

眠りいるあいだに癒えるかなしみのひとつと思いふたたび眠る

はつなつのみじかい午睡の外がわに雨降っていて雨の音する

飲みかけの水を机に置くときのペットボトルのおもてのひかり

ぬばたまの黒住光と高校の校歌をうたう歌会ののち

炊飯器に右手を浅くさしこんで水の高さを測りなおしぬ

MOMO（9200形）

やわらかな芝生を踏みてさきをゆく背《そびら》のあとをついて歩きぬ

きみの指きみの口もと見ておりぬあした二枚の扉をぬけて

いつからかわたしの歩幅を知っていてきみはわたしのはやさで歩く

雨のなか路面電車をおりるときわたしに右手をかしてくれたり

手をつなぐときに右手をさしだして　わがかなしみに気づくだろうか

重荷にはならないようにすこしだけ近い未来の約束をする

凹凸に手は添いがたし別れきて昼やわらかなレタスを洗う

十二月二十三日

２０１５年

ひとのことを浅く憎んでいたころの十代のわれに短歌はなくて

はつふゆの疲れは背中にのこりいてちちのみの手にほぐしてもらう

生きがたき世にふたりごを育てつつ妹は笑う手品師のように

わたくしを置いて逝きたるいもうとの誕生日でもありて祝いぬ

わたしよりさきに死にたるいもうとの待ちいる空に虹かかる昼

児のあそぶかるたの札のセミの背に翅脈は黒く描かれている

むつのはな

使わなくなりし翼を思いおりあしたあなたのそびらに触れて

折りたたみ傘で事足る菜種梅雨きみがくるのを傘さして待つ

触れたればたちまち解ける春の雪あいたいひとは遠くに暮らす

つきあたりは西側の窓きだはしを上りゆくときまぶしいひかり

影のいろ影の角度は春らしくなりたり丘にのぼるわたしの

花言葉

つなぎいし児の手はわれをすり抜けて道の辺に咲くたんぽぽを摘む

しゃぼん玉をとばせるようになりし児が息吹けばひかりあまたうまれる

四歳児の手足ながくて膝の上に抱けばわたしをすこしはみだす

木製のおもちゃのレールを転がりぬビー玉はよき音をたてつつ

ビー玉のなかにどんぐり混ざりいて下の児が拾う隅にかがみて

幼稚園のともだちの名を聞きながら四歳《よっつ》の児の背をしっかり洗う

葉月にはひまわり咲かむわたしからわたしがいなくなったとしても

やさしい薬

二ヵ月目にさしかかるころおだやかに効きはじめたりジェイゾロフトは
一錠のダントリウムが効いている　膝のうしろの心細さに

立ちあがるときに力が必要で膝の裏にもちからをいれる
ひとすじの水に洗えりぎんいろの蛇口のしたに手を差しいれて
日記にはあかるいことをのこしおくわたしの死後に読むひとのため

塔短歌会全国大会　二〇一五年八月二十二日〜二十三日

鹿児島へゆくと言えばちちのみの父はやんわり「やめとき」という

美幸さんのお墓参りも行くのかと問いくれる友ひとりいる夏

「やめとき」でなくて「行かんといて」ならあるいは躊躇したかもしれず

会えるなら会いにゆきたいあかときのつめたい水で顔をあらって

昨夏逝きし美幸さんとの約束のひとつある今日みなみへ向かう

美幸さんの銀笛のおとを知らなくてつんとさみしいわたくしの耳

一年にいちどだけ会う友だちが何人もいて全員歌人

鹿児島にきてよかったよ美幸さん　桜島とか空がきれいで

打ちあける

雨やめば母と一緒に新作の栗のケーキを買いにゆこうか

ヒトであることにつくづく疲れたり　畳にうつる木の影に触る

心から弱りゆくのか体から弱りゆくのかわたしがとおい

障害者手帳の有無をとう欄にチェックをいれる問診票の

あたらしいはちみつの蓋開かざれば三人家族の手をわたる壜

はつふゆのあなたに会いにゆくためにあかるい色の帽子をえらぶ

もういちどあなたの街へゆきたくて長方形のチケットを買う

窓の外を西へ東へ歩みゆくひとは大きな鞄を掛けて

ほんとうに行くべき場所は本屋でも職場でもない　影踏みながら
あなたならわたしの傷をすこしだけわかってくれるだから話した

京都水族館　２０１６年

空のいろの海へはきっと帰らない魚あかるいひかりを返す

海の底に似ているだろう　回廊に声と気配がしずかにひびく

向きあわず話しはじめるほうがいい大事なことであればあるほど

真中さんによく似た魚もういちどぼくらの方へ頭を向ける

円筒の水面に息を継ぎにきてふたたび戻るゴマフアザラシ

吉野川橋梁

南北の岸にかかっている橋を二輌編成気動車がゆく

東へと水のながれる川の面に児らはつぎつぎ小石を投げる

川の面に石投げやまぬこどもらをわたしは車のなかに眺める

ひらがなの「に」を書くときの一画目　児のおやゆびに力がはいる

二歳児と五歳児を順に風呂へ呼びときおり母親めいたことをしてみる

あずさゆみ

ここはもう夢なのだろう清音のきみの名前をいくたびか呼ぶ

はじめから旧仮名文語であるような白石瑞紀の舟のうた読む

あのれんげ畑に雲雀ただ啼いてあなたは涙を流すのでしょう
啼く空をなくせば雲雀もさみしいにちがいないってあなたは言った

ステンレス鋼製

新聞紙と防錆紙につつまれて届く重たい分銅ふたつ

一度には運べないからひとつずつ運ぶ5キロと2キロにわけて

分銅の重さすこしも疑わず測定結果に100.0《ひゃく》グラムを書きこむ

これからもここで仕事をするために鈍くしておくわたしの五感

メルカティーノデル・クオーレ

プランターにバジル、タイムのような葉があおく植えられ陽をうけている
ご予約のプレートのあるテーブルに案内されて前菜を待つ

「ひさしぶり」「元気だった？」と言う声や笑顔いくどもかがやいている

銀いろのフォークにパスタを巻きながら短歌の友の結婚を知る

暮らしがたきこの世に一緒に暮らさむと思えるひとのいるということ

筋肉は壊れていないと医師はいうCPKの値を指して

甥っ子がいるからわたしぺしゃんこにならずに済んでいるのでしょうね

わたしより先に死んだりしないでね甥っ子にいう父母にいう

夏の記憶

はちがつのカレンダーには朝顔が描かれているうすむらさきの
立ち枯れて咲いていたのは朝顔じゃなくておそらくわたしであった

指の間をいつかこぼれるものとして声やあなたや水や季節は

ひまわりの写真を撮りに外へ出るアンクル丈のデニムを履いて

いちどだけあなたに触れていいですかフランボワーズのケーキのような

火のかたち風のかたちをいうひとの傍にあかい氷菓をすくう

会いたさか会いたくなさか手を洗うときに濡らしてしまう袖口

〈エオリアン・ハープ〉はショパンの曲だよね？あなたの声に訊かれいる午後

琵琶湖

2017年

つらいときのあなたにわたし寄り添えてなかったのかな　心がさむい

かなしみを言わないひとのかたわらにわたしひとりがかなしみを言う

いわばしる近江の湖をほんとうの海だと言ったころのあなたは

来年も見たいとおもう湖にわたしの裡のいたみやわらぐ

秋よりも記憶の浅い祖母の老い　わたしは祖母をとりこぼしそう

「おばあちゃんはどうせ判ってないんやし」わたしの口が母の背にいう

祖母の手に二粒のせる友だちにもらった林檎の金平糖を

祖母がもし自分自身を忘れてもわたしや母が覚えておくよ

ケアハウス聚楽の冊子をひらきつつこんな筈ではなかったと思う

お母ちゃん、ゆるしてよって叔母はいう祖母のおおきな耳に近寄り

眉山

叔父を看る叔母のおもいを思う春　せめてさくらの咲くまでは在れ

かなしみをひとに言わない叔母のためメールをしないことも大切

土曜日の空まぶしくて叔母はまだ叔父に余命を伝えていない

新薬にのぞみを託していたなどと言葉にしたらとても薄くて

無菌室を幾度も出たり入ったりしていたらしい余地のあるころ

病む叔父を見舞ったあとの公園に児のてのひらが握るてつぼう

咲《ひら》くのを待たずに逝った叔父のため棺にいれる桜の絵葉書

ああこんなちいさな壺に　向き合いて叔母と一緒に骨をひろった

ケアハウス聚楽にくらしている祖母に伝えていない叔父の死のこと

亡きひとが楽しみにしていた桜を叔母はひとりで見たのだろうか

祖母は夜眠れているかぬばたまの夜のわたしの眠りは戻る

耳朶

陽の入る角度がすこしずつ深くなりゆく朝に淹れるコーヒー

鳰鳥のふたりの暮らしあなたにはグァテマラを淹れ満ちてゆきたい

あたらしい皿を購うことはない割れた器は包んで捨てる

額から耳へと移し聴いてみるあなたの背《せな》に流れる音を

北岸に暮らしていても晴れた日は眉山が見えて窓に呼ばれる

わたしより絶対先に逝かないで欲しいと言えず十指をにぎる

殺めて、と言えばあなたは初冬のわたしの首を絞めてくれそう

雨声

水源はおそらく初夏の空でしょう　丈夫で軽い雨傘えらぶ

守りたいものは少なし五月雨に肩幅ほどの傘をひろげる

たくづのの白ぼうたんに水を遣るだれの母にも妻にもならず

葉柳をはなれわたしのもとへ来る螢《ほうたる》これは来世のわたし

あじさいが雨空のもと咲いている　わたしはわたしを支えていたい

右の手で容器を振れば生き物のような音だね　ナッツを食べる

もう少ししたら降りだす雨だろうあなたの匂いが教えてくれる

風上に吹かれていれば大丈夫、無理しないでも暮らしてゆける

時間より記憶が大事なこともある　わたしが死んでも覚えていてね

新月の夜の匂いを知っているあなたのそびらあなたの手首

霧雨が降り止まないね　いつからかあなたの裡に降っている雨

BEE HONEY

とうめいの冬が近づく全身用保湿クリームを脚に伸ばして

窓を抜け入る薄陽が眩しいよあなたの表情《かお》もうまく見えない

うしろからふんわりと抱く「これからも今まで通りのぼくたちでいい」

電線の高さを越える樅の木を通勤途中の庭に仰ぐよ

友だちの庭の野葡萄色づいてゆく頃だろう蔓を絡めて

歩く

小谷義肢株式会社の入り口のツリーはわたしを迎えてくれる

治療用短下肢装具の二足目を修理に出した土曜日の朝

つまさきのおおきな傷も磨かれてまだまだ歩けそうな補装具

歩かなくなった、あるいは歩けなくなった児のくつ　うすももいろの

女子会

２０１８年

茶のいろの格子のならぶ通りありまるい頭のポストに触れる

ならまちの中川政七商店に戌の絵柄の手ぬぐいを買う

お土産の瓊花のかおりの線香を渡せばふいに涙ぐむ叔母

いまだ喪のあけない叔母のかなしみのなぐさめ方を教えて欲しい

祖母がいまわたしの背中を撫でている撫でている手をよろこぶ背中

「愛さんの老後のことが心配」と新春の夜の母を泣かせる

Altus A1107

Debussy のピアノの曲のこぼれいる部屋にあなたの声はしずかだ

風花に似た時間だといま思うオーケストラで吹いていたころ

交響詩『海』の総譜《スコア》を使わなくなり本棚に海の背表紙

ああそうかふたつの耳朶は三月のあなたの声を聴くためにある

桜咲き、またさくら咲く季節には言えないままのさよならもある

祖母はもうわたしの声が聞こえない　春のポストに葉書をいれる

だれもかれもいつかひとりで逝くという事実　ときおり日照雨のように

フルートを吹かなくなってどれくらい経っただろうか　ケースを開ける

Ave《アヴェ》 verum《ヴェルム》 corpus《コルプス》がいい　あなたよりわたしが先に逝ったとしたら

(W.A.Mozart K.618)

濱松くんの指のさきからこぼれだす音を希望のように掬った

LINE

丹田に力をいれる　ちちははがこわれはじめた春のなかごろ

「ありがとう、ありがとう」って母は言うベッドに白湯を持っていったら

やっぱりという感触の診断が母にくだって腑に落ちてくる

よく使う皿から順に割れてゆくことに似ていて諦めはつく

「向かいには絶対越してこないで」と妹からの返信がくる

妹の家の向かいのアパートにわたしが引っ越すこともかなわず

梅雨晴れの三和土に家族の傘を干す三人きりの家族の傘を

アーチ式コンクリートダム

父母をiPhoneに撮る水あおい大美谷《おおみだに》ダムと山を背後に

落ちるまでおちてしまえばそのさきは湖かもしれず空かもしれず

ほんとうにこの世だろうか一斉にはばたきそうな向日葵の群れ

土のおと

待っていた〈オカリーナ工房土音《ひじおと》〉のオカリナ届く梱包されて

掌のなかに土の楽器を置いてみたきっと心臓ほどのおおきさ

吹き口にくちびるひとつ当ててみる息いれてみるぽーぽーと鳴る

ここにいる　ここにいるよという母のこころの声に今ごろ気づく

大丈夫わたしがそばにいるからとわたしの口が母さんにいう

LICHT LICHT I

ショーケースに季節の靴は並べられわたしが履けばどんなだろうか

DIANA《ダイアナ》もPOOLSIDE《プールサイド》もLOUBOUTIN《ルブタン》も好きなブランドかわいい靴の

支柱付き短下肢装具は足首を保護する

ステンレス製の支柱の重たさと剝きだしのままのしろがね色と

廃業の店舗を利用

尾田工事材料の文字のこりつつ「LICHT《リヒト》 LICHT《リヒト》」の看板が立つ

オランダの木靴そのほか赤ちゃんの履く革靴も飾られている

金澤ですと言いて湯のみを運びくるその手に生れる靴を思った

採寸をするというから無防備な素足を二本しばし委ねる

そっくりで笑ってしまう　テーブルに置かれたものはわたしの足だ

金澤さんの名は光記

店の名の由来を訊けばドイツ語の　ひかり　ひかり　と教えてくれた

「同僚に装具のことを言われる」とストーブの傍に話してしまう

災害に遭ったとしても足を見て金澤さんならわたしがわかる

くるみ割り人形

クリスマスはもうすぐなのに「離れよう」みたいなLINEがまっすぐ届く

iPhoneを何度も覗くカフェ・ラテをいれたカップに口つけながら

「この夏のあなたの声が矢だった」とゴシック体に明かされている
夏の夜のことを思ったあなたにはわたしの声が黒かったのだ
苦しいよあなたはずっとそばにいた、なのに全然気づけなかった

夏までのあなたの時を巻きもどすために降らせる夏のきら星

両手からあなたが去ってゆきそうで凍てる冬月　手ぶくろを買う

定期点検

補装具の金具をパンツに隠しつつ仕事する日はいつまで続く

できることとできないことのある体　フロアにバリアはいくつもあって

他の人と同じようにと幾たびも思う　上司が思う以上に

Ａ３のコピー用紙を運ぶとき溶けない雪の重みをおもう

非正規じゃなくても辞めたい日が続く　死にたい波は日に四度くる

膝掛けを冬用にして20℃の測定室で測る円筒

100ミリのリングゲージの直径を機械にのせてただしく測る

真円度 1/100ミリ未満を記載して外観欄にはチェックを入れる

正しさの精度は±0.005未満　そんなにただしい自信などない

内径を測る道具も修理する六角レンチで螺子をゆるめて

わたしの子ではないのだけれど　２０１９年

わたくしに翅《つばさ》があった日のように肩胛骨のあたりが痛い

春のうちに三人目の子を産むという妹の腹いよいよまるい

土曜日にこどもらの跳ぶなわとびを見にゆく「あいちゃん見て」という声

二重跳びをわたしに見せる八歳はわたしの背丈をこえてゆくのだ

長縄跳《ながなわ》びをうまく続ける五歳児の坊主頭が春陽に透ける

駅の名を読みあげてゆくまひるまのテーブルにひろく路線図をのせ

二人児に弟がひとりふえることあたたかな日に産まれくること

三人も甥っ子を抱く一生の思いがけない菜の花畑

きらきらと笑うのだろうたまきわるきらきらと泣くみどりごを抱き

風の吹く下へ花びら流れつつわたしを空へ誘おうとする

枝も葉も桜も視界にひらめいてひかりがうすく動いたりする

公園の水飲み場から立ちあがるひとすじの水にひかりはあたり

手触りのいいパペットを休日のポケットに入れときどき握る

適当なサイズのスプーン見あたらずバターナイフで混ぜるカフェ・オ・レ

前釦のパジャマ、素顔の妹が壁に凭れて待っていてくれた

新生児室の硝子越しに見る産まれて五日のみどりごの顔

ブランケットに包《くる》まれ顔はよく見えず黒い頭の先だけ見える

祖母だけが撫でてくれるよ頼りなく暮らす大人のわたしのことを

誰からも「ママ」って呼ばれなくていい　祖母はいつでもわれを否まず

タイムカプセル

公園へ行こうと言えばよろこんでくれるから行く甥っ子とゆく

五歳児は乗りたがるのだ、ぶらんこに。子どものわたしが乗ったぶらんこ

あいちゃんもいっしょにのろう　甥っ子が言うから古い木片にすわる

ぶらんこはこんなに古くなっていてわたしは大人でうまく漕げない

「あいちゃん」と児に諭される　あそぶときスマートフォンを見ないでほしい

滑り台のあった時代の公園を児は知らなくてぶらんこが好き

腕だけで漕ぐぶらんこは児のようにうまくはゆかず空を蹴れない

公園に背中を向けて漕いでみる低いブロック塀だと思う

昼の空がとてもきれいで撮りたいと児に告げてからバッグを開ける

飛行機は雲をひとすじ残しつつ五月の空を東へとゆく

甥っ子の坊主頭が汗をかくポケットティシュー二枚で拭う

九連休明けのからだは生温く釦とボタン穴が遠いよ

潔く散っているのは芍薬の白い花びらわたしの庭の

傘をひろげる

おとうとも兄もいなくてさみしいよ泡淡く立つ炭酸《タンサン》水を注ぐ

手の爪を水色に塗る　さみしいと思えばさみしく見える指さき

夫も子も持たぬわたしのうちがわを水はわたしのために流れる

水を遣りすこし元気になってきた畑のレタス、胡瓜、長茄子

どんな日もさみしい母が背を向けて捥いだばかりのトマトを洗う

青空のいろとも思う爪を見る朝のうつわに桃を盛りつつ

顔を合わせれば「こんにちは」ではなく「暑いね」と言うのが挨拶になった。梅雨も明け、雨傘から日傘へと持ち替えて外出するようになった。本格的な夏になっても、こころに雨は降り続いていて、その日の雨に合ったちいさな傘やおおきな傘をひろげて暮らしている。

わたしひとりが濡れないサイズであれば充分。雨だけでなく、強い風が吹くこともある。そんなときは飛ばされないように、しっかり傘を持って前を向く。そしてときどき、傘だけが壊れる。

LOFT

今日までを歩き続けた足のうら夜の風呂場にひんやりと置く

いつかきっと歩けなくなる日がくるだろう踝のしたの凹《くぼ》みも洗う

しゃぼん玉の匂いの線香置いてある雑貨屋の棚に「夏」と貼られて

冷水機の前に頭を垂れながら冷ましつづける薄昏い口を

昼の水は弧を描きつつひかりつつ灼けるわたしの口をうるおす

抱きたい人がいなくてあゆはしる夏空のした膝ふたつ抱く

手の届く近さにはない友と月　択べないっていうこともある

阿波踊りを今年も観に行かないままに夏は終わりに近づいてゆく

秋晴れのなかにわたしを置いてきた数年前の元気なわたし

白驟雨、冷雨、秋雨、霧時雨、雨の名前をきみに教わる

黄苺

2020年

はてしない祈りのような雪が降る南の町のわたしの耳に

春の樹になりたいときは外に出て手足をしろいひかりに当てる

アルバムを開けたら母が笑いいる八ヵ月ほどのわたしを抱いて

はじめからひとりうまれてきたようにわたしひとりで母に抱かれる

立春を過ぎたばかりの夕食の器にあおい菜の花を盛る

ダイヤルゲージ

ホシモトがいきなりフロアに怒鳴りくる「お前、きちんと校正せいや！」

校正は、標準器を用いて測定機器が表示する値と真の値との関係性を求める作業。
校正を実施することにより、測定機器は信頼性を確保することができる。

校正時、5.0ミリを置けば正確にゲージの針は5.0を指していた

正確に使えるはずの機器だった　わたしのデスクの上に転がる
校正の技量が足りていないって非難しているような声音に
胸倉を掴まれそうであったこと　しばらく経ってようやく気づく

開けられぬ窓より西日は深く入る白く真冬のような角度で

蛇口から水しか出ないぎんいろのハンドルを回し両手をあらう

冬鬱の二枚の耳はチョコレート色の小声をうっかり拾う

殴るつもりなかったって言うてたわフロアの隅に部長の声は

暴力的言動あるいは暴力を赦す職場なのだと知った

制服の胸ポケットに挿しているシャープペンシルいっぽんが重い

仕事には行きたくないと思う朝テーブルの上の林檎がきれい

「自分から辞めるというな会社には」わたしに言いし今朝のちちはは

感染症

顔を上げ生きてゆきたいお花見に行けない令和二年の春も

感染るのもうつされるのも怖いから会社に行けない日だってあった

ポリカーボネートの板で仕切られてデスクの前横、安全になる

父も母も新型コロナ肺炎に罹かったら死ぬわたしを置いて

「豆の筋、取って」と言われ筋をとる右手の先をあおくしながら

影響

ブラインドも窓も全開　朝陽とか夕陽ざわめく五月であるよ

正社員、派遣さんにも不織布のマスクひと箱配られる午後

生活のかかっていないあかるさに父母も三連休を喜ぶ

オリーヴの木のかたわらに背の低いポストがあって葉書を入れる

母の日に母の在ること、父の日に父の在ることわらび餅買う

アルストロメリアもあおい紫陽花もわたしの父と母が咲かせた

ビタミンの足りない母に剝くキウイフルーツ四個　縦に皮むく

モスキート音

パーテーションの奥で会議をする人の声も掬って尖りゆく耳

シュレッダーに紙が呑まれてゆくときは紙がのまれてゆく音がする

かなしいことくやしいことがあった日もハーゲンダッツは完食できる

紹介状を携えてきてはじめての医師に診られる闇い耳穴

「両方の鼓膜はとてもきれいです」褒められているわたしの鼓膜

感覚性聴覚過敏と告げられる早口言葉をひとつ覚える

どこにいても尖りつづける耳に挿すスポンジ製のまるい耳栓

耳栓のうえから冬の耳当てを耳に重ねるしずもってゆけ

LICHT LICHT Ⅱ

大胆なアーチと深いデコルテのパテントレザーのつややかな色

「永田さん。足治ったんですか」うしろから声がしたから立ち止まる足

この足は治らないです　唐突にほんとうのことを答えてしまう

障害者手帳の交付を受けて九年わたしの身体に等級がある

月給でようやく買えるフルオーダーの靴のブランドLICHT LICHTの

花水木の葉は風下へひらめいて　葉にも幹にも触れないでおく

未来をみつめて

哺乳瓶、離乳食など卒業し海苔巻きが好きまくまく食べる

「これは?」って聞いているような言葉だよ「これはレモン」と教えてあげる

眠くなると耳のうしろを掻く癖のそのうち眠るもうすぐ眠る

三人の甥っ子どの子もわたしの子と思う遊びを一生《ひとよ》続けむ

阿波踊りのない夏が過ぎいつからが秋なのだろう令和二年は

妹は三人の暮らすこの家を実家と呼んでときどき戻る

中秋の月を見ないで寝てしまうコンタクトレンズをうすく外して

秋の夜は長すぎるのだ一錠のデパスを足してもういちど寝る

「彼岸花が色褪せすると松茸の採れる季節」と母に教わる

いちめんの銀杏落ち葉のうえに立ち児は一枚を択んでくれる

鉄棒の練習にゆく児らはまだ為せば成ることたくさんあって

シェパードの首

きみに手を伸ばせばきみが遠くなる錯覚そしてまた手をのばす

さみしいよきみがわたしのそばにいてたとえば指に触れてくれても

足首がとてもつめたい。足首を両腕で抱く　きみの足首

首すじを腕で抱いたら絞めそうで、絞めないでおくために抱かない

これからもずうっときみといられると信じてるのはわたしだけかな

あたらしい水族館ができたよね。いつか一緒に行けるといいね。

金木犀の季節に（　　　　　）の命日があることきみに告げないでおく

きみはまだ覚えているかわたくしの右の乳房の黒子のことを

特急うずしお十二号（２７００系）

てぶくろも耳当てもいる寒い日はこころ淋しくなりやすいから

陸橋の階段をのぼり三番線ホームまでゆく　吹きっさらしの

階段の手すり冷たく錆びていて一段いちだん握ってのぼる

「始発駅を出発した」ときみからのLINE短くてのひらにくる

約束の二番の席の窓際にきみが座って手を振っている

通路側の座席に座る「会えたな」ときみが言うから「うん、うん」という

車掌さんが揺れながら来る　週末自由席早特きっぷの（ゆき）を差しだす

通過する駅の名前を呟いてまばたきをしたきみの横顔

トンネルの数は終点まで*個、*の声は聞こえないまま

左耳がとてもきれいだピアス穴たったひとつも開けていなくて

くちもとは布のマスクに隠されているけどきみのくちびると耳朶

繋ごうとわたしが言えばつなげない手ではないけどそっとしておく

いつの日かきっとこの世を出るようなしずかさなのだふたりっきりの

うしろへと移る景色にトンネルや樹の塊がときおりあって

海なのか川なのかよくわからない水辺が見えて窓を指さす

対岸はどこなのだろう移りゆく水の野原がしばらく続く

瀬戸大橋線だったら児島の駅が好き海の駅だし空きれいだし

具体的な話ほとんどしないまま次の約束だけが決まった
終点に着いたら駅に置いてあるベンチに座り写真を撮ろう

あとがき

二〇一八年に、第一歌集『アイのオト』を出版しました。この歌集には一九九九年から二〇一三年十二月までの短歌をおさめました。『アイのオト』の出版時に、すでに次の歌集の構想が心の中にありました。詠ったときの気持ちが新鮮なうちに（あれからまだ三年しか経っていませんが）、第二歌集を編みたかったからです。

第二歌集『LICHT』は、二〇一四年から二〇二〇年十二月の間に作った短歌のなかから、約三五〇首を選びました。身近なひとたちとの暮らし、今のわたしを支えているものを詠っています。

帯文は、第一歌集で跋文をご執筆いただいた真中朋久氏にお願いし、装画と装幀は仁井谷伴子氏が素敵に仕上げてくださいました。装画には子どものおもちゃとひかりが溢れ、とても気にいっています。青磁社の永田淳さんにはいろいろ相談にのっていただきました。ありがとうございます。

「塔短歌会」と「七曜同人」のみなさま、短歌の友人に深く感謝しています。

生まれたときから、ずっと一緒に暮らしている両親は、わたしに短歌と歌友がいることを心から喜び、日々の生活を支えてくれています。妹には三人の子どもがいます。三人の甥っ子たちの成長は、わたしに生きる喜びを教えてくれます。両親と妹一家には、たくさんのありがとうを伝えたいです。

最後になりましたが、『LICHT』を手にしてくださったすべての方に心よりお礼申しあげます。

二〇二一年九月二十三日　秋分の日

永田　愛

著者略歴

永田 愛（ながた あい）

12月23日兵庫県生まれ、会社員。
1999年短歌をはじめる。
2004年「塔短歌会」入会。
2017年より「七曜」同人。
2018年歌集『アイのオト』刊行。
「徳島文學協会」「現代歌人集会」入会。
（2017～2019年）短歌ユニット「ととと」メンバー。

Twitter:@NagataAicchi

歌集 LICHT《リヒト》

塔21世紀叢書第402篇

初版発行日 二〇二一年十二月二十三日
著者 永田 愛
定価 二五〇〇円
発行者 永田 淳
発行所 青磁社
京都市北区上賀茂豊田町四〇－一（〒六〇三－八〇四五）
電話 〇七五－七〇五－二八三八
振替 〇〇九四〇－二－一二四二二四
https://seijisya.com
装幀 仁井谷伴子
印刷・製本 創栄図書印刷

ISBN978-4-86198-514-0 C0092 ¥2500E